幼兒全語文 階梯故事 系列

活動冊

袁妙霞　著
野人　繪

園丁文化

《分享》

鴨太太送給小兔子一籃果子，你知道是什麼水果嗎？
走出迷宮你就知道了。

蘋果　　芒果　　香蕉

《我愛我的朋友》

熊貓弟弟想畫一張心意卡送給媽媽。你能幫忙嗎？

《迷路了》

小綿羊又迷路了。你還記得故事中小綿羊的房子是怎樣的嗎？請把它圈出來。

《再玩一會》

請看看小狐狸的樣子，你猜他現在最想做什麼？走出迷宮你就知道了。

睡覺　玩耍　跑步

《媽媽生病了》

請看看這些小動物，他們現在需要什麼呢？請把圖畫和適當的文字連線。

 • •

 • •

 • •

《袋鼠媽媽的袋子》

圖中的動物各需要什麼東西呢？請把圖畫與適當的文字連線。

毛巾

雨傘

拐杖

《大和小》

究竟故事中小熊一家各得到什麼禮物呢？請把圖畫和適當的文字連線。

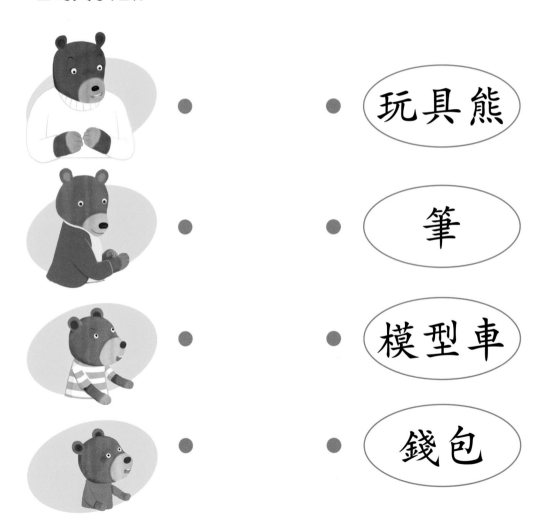

玩具熊

筆

模型車

錢包

《分一半》

從兔哥哥和兔妹妹拿着的東西看來，他們將要進行的活動，需要分享什麼工具呢？請把答案填上黃色。

蘋果　　　　畫紙　　　　座位

《小鴨子生病了》

故事中小鴨子生病了。他要怎樣做才能康復呢？請把答案填上顏色。（可選多項）

看醫生

吃藥

打球

休息

逛街

《織毛衣》

冬天天氣冷，小猴子需要各種禦寒衣物。請根據小猴子穿戴物的顏色，把相應的文字填上相同的顏色。

圍巾

帽子

毛衣

幼兒全語文階梯故事系列 第 4 級（高階篇）

活動冊

作　　者：袁妙霞
繪　　圖：野　人
責任編輯：陳奕祺
美術設計：許鍩琳
出　　版：園丁文化
　　　　　香港英皇道 499 號北角工業大廈 18 樓
　　　　　電話：(852) 2138 7998
　　　　　傳真：(852) 2597 4003
　　　　　電郵：info@dreamupbooks.com.hk
發　　行：香港聯合書刊物流有限公司
　　　　　香港荃灣德士古道 220-248 號荃灣工業中心 16 樓
　　　　　電話：(852) 2150 2100
　　　　　傳真：(852) 2407 3062
　　　　　電郵：info@suplogistics.com.hk
印　　刷：中華商務彩色印刷有限公司
　　　　　香港新界大埔汀麗路 36 號
版　　次：二〇二三年五月初版

版權所有·不准翻印

ISBN: 978-988-76584-2-9
© 2023 Dream Up Books
18/F, North Point Industrial Building, 499 King's Road, Hong Kong
Published in Hong Kong SAR, China
Printed in China